8 decembre 1893

COLLECTION

DE

Gardes de Sabres

JAPONAIS

ET AUTRES OBJETS DU JAPON

CATALOGUE

CONDITIONS DE LA VENTE

La vente sera faite expressément au comptant.

Les acquéreurs paieront, en sus des adjudications, CINQ POUR CENT, applicables aux frais.

L'exposition mettant le public à même de se rendre compte de l'état des objets, il ne sera admis aucune réclamation une fois l'adjudication prononcée.

CATALOGUE

D'UNE COLLECTION

DE

Gardes de Sabres

JAPONAIS

Et autres Objets du Japon

KODZUKA, MASQUES, BRONZES
IVOIRES, NETZUKÉ, ALBUMS, CÉRAMIQUE
KAKÉMONO, MEUBLES

FORMANT

LA COLLECTION DE M. H. L.

ANCIEN ÉDITEUR

Et dont la Vente aura lieu

HOTEL DROUOT, SALLE No 7

Les Vendredi 8 et Samedi 9 Décembre 1893

A DEUX HEURES

EXPOSITION PUBLIQUE

Le Jeudi 7 Décembre, de 2 h. à 5 h. 1/2

Me LÉON TUAL	Me CHARLES MANNHEIM
COMMISSAIRE-PRISEUR	EXPERT
56, rue de la Victoire.	7, rue Saint-Georges.

DÉSIGNATION DES OBJETS

GARDES DE SABRE

1 — Garde en fer ciselé, avec applications d'or et d'argent, représentant un combat sur l'eau entre plusieurs guerriers. La scène se continue au revers. Pièce signée.

2 — Garde en shakoudo à fond noir granulé, avec deux libellules en or en relief et bouquet de fleurs sur le bord d'un ruisseau. Pièce signée.

3 — Garde en fer plein, décorée d'un tigre en haut relief incrusté d'or, se léchant la patte, tige de bambou au revers dont le feuillage re-

tombe sur la face principale. Signée : Massa Mitsu.

4 — Garde en fer ajouré, représentant une tige de bambou enroulée en ovale, les feuilles sont tachetées d'or en certains endroits. Signée d'un cachet or.

5 — Garde en fer ajouré de deux tortues entrelacées et enroulées, formant elles-mêmes la garde. Très ancienne garde signée.

6 — Garde en fer évidé à la scie, représentant à l'intérieur du cercle une multitude de flèches venant converger vers le centre.

7 — Garde en fer, découpée entièrement à jour d'un dessin régulier.

8 — Une paire gardes en fer, ajourées, décorées d'une forte tige de bambou avec son feuillage finement découpé et ciselé, motif très décoratif. Signées : Issagawa, Massa Yoshi.

9 — Petite garde en fer, décor en relief, représentant deux dragons, au milieu des nuages.

10 — Garde en fer, ajourée et ciselée en relief de deux dragons, s'enlaçant et formant par eux-mêmes le décor de la garde. Pièce signée : Okada Massatshika.

11 — Garde en fer plein, sur les plats de nombreux chevaux jouant en liberté. Signée : Hisamitshi Toshitaka.

12 — Garde en fer, motif en relief; à gauche, un vieux tronc d'arbre; à droite, un ermite misérablement vêtu tient un parasol ouvert et, de de l'autre main, semble tenir un récipient au bout d'une baguette. Incrustations d'or. Signée : Shozui.

13 — Garde en cuivre jaune en relief, découpée et ciselée, le sujet représente un aigle sur une branche de sapin, qui semble regarder une envolée de petits oiseaux. Signée : Toshinaga.

14 — Garde en fer, découpée et évidée, représentant un enroulement de branches de clématite dont les fleurs ornent le fond ajouré.

15 — Garde en fer, finement ajourée à la scie et

ciselée. Deux canards fuient la tempête sous une pluie battante, des roseaux échevelés au premier plan. Le cercle est damasquiné d'or.

16 — Garde en fer, quadrilobée, entièrement damasquinée d'or de différents tons, représentant des oiseaux et des fleurs. Pièce signée et cachet or.

17 — Garde en fer, entièrement damasquinée d'or, d'un dessin régulier avec réserve de cinq médaillons représentant des dragons enroulés. Cachet or.

18 — Garde en fer, ajourée et incrustée d'or et de sentokou; dans le bas, à droite, un vieillard à demi-nu est assis, il tient d'une main un bol d'où s'échappe une fumée et de cette fumée un dragon. Le cercle est niellé. Signée : Nobouyoshi.

19 — Garde en cuivre rouge, découpée et ciselée; dans le ciel, la lune se montre au travers l'échancrure d'un nuage; dans le bas, dans les landes, un lapin découpé à la scie laisse

deviner sa silhouette, près de lui se trouve une botte de carottes. Signée et cachet or.

20 — Garde en fer plein portant en relief une cigale en shakoudo près de jeunes tiges de roseaux en or, nuages martelés dans le ciel.

21 — Garde en cuivre jaune uni, décorée d'un vieux bonhomme assis, en shakoudo, avec incrustations d'or ; ce personnage fume la pipe ; le verso représente une jolie vue dans les montagnes, on voit des cases au milieu des sapins. Signée : Yassuhiro.

22 — Garde en shakoudo, quadrilobée, décorée en relief de différents insectes en tons divers, guêpe, cigale, fourmi en train de manger des œufs d'autres insectes.

23 — Garde en fer, modelée et ajourée, avec rehauts d'or et d'argent. La garde est formée de deux buffles en puissant relief qui la contournent entièrement. Pièce signée.

24 — Garde en fer uni, quadrilobée, décorée

d'une chauve-souris découpée à jour. Signée d'un cachet or.

25 — GARDE en fer, ajourée et ciselée, représentant le vol de trois cigognes s'entrelaçant et finement découpées dans le métal.

26 — GARDE en fer ciselé, ajourée en quelques places, le motif est un grand sapin dont les branches s'élargissent en s'étageant. Signée : Massatshika.

27 — GARDE en fer ciselé à jour, dont le motif est une langouste enroulée sur elle-même et formant la garde par sa simple décoration.

28 — GARDE en fer uni, un crabe près d'une tige de bambou est découpé à la scie avec une délicatesse rare. Le sujet est curieux à voir en transparence.

29 — GARDE en fer uni, décorée en relief d'une libellule et d'une araignée en shakoudo sur un fond de toile d'araignée finement découpé à jour en fins traits de scie. Pièce signée.

30 — Garde en shakoudo à fond granulé, quadrilobée et ornée sur ses deux faces d'un gracieux feston de fleurs et de feuillages en or de différents tons.

31 — Garde en fer uni, rehaussée en doux relief, et ciselée d'un vol de sept cigognes sur la face et trois au revers.

32 — Garde en fer martelé, dont le motif est très bizarre. On voit une vieille masure dont les ouvertures paraissent barricadées avec des fils de fer, dans le ciel un oiseau découpé à jour.

33 — Garde en fer, ciselée et ajourée dont le sujet est formé par un dragon enroulé sur lui-même. Quelques rehauts d'or.

34 — Garde en fer, ajourée et modelée représentant une tige de feuillage et de fleurs enroulés. Pièce signée.

35 — Garde en fer, ajourée et évidée. Le décor représente différents feuillages. Pièce signée.

36 — Garde en fer, ciselée et ajourée. Le motif représente un vieux sapin dont la cime est traversée par les nuages, au pied est une cigogne blessée. Signée : Massatoshi.

37 — Garde en fer, ajourée et ciselée, représentant des feuillages et des fruits. Pièce signée d'un cachet d'or.

38 — Garde en fer uni. Le motif représente une guitare jetée en travers et légèrement évidée. Pièce signée.

39 — Garde en fer, ajourée et finement ciselée. Le motif est un vigoureux dragon dont l'enroulement sur lui-même forme une superbe décoration. Pièce signée.

40 — Garde en fer uni, rehaussée de fleurs en relief or et argent; en bas, une chimère en haut relief s'élance d'entre les rochers.

41 — Garde en fer, découpée et évidée, représentant un entrelacs de cinq masques reliés entre eux par des cordons. Garde très originale. Pièce signée.

42 — Garde en fer, rehaussée d'or. Représentant un personnage armé d'un arc perçant d'une flèche un canard qui passe.

43 — Garde en fer, avec reliefs de métaux divers. Un jeune aiglon sur une haute branche de sapin regarde le soleil levant. Pièce signée.

44 — Garde en fer décorée en relief de différents métaux : une cigogne en argent voltige au-dessous d'une branche de sapin.

45 — Garde en fer forme demi-coquille sexagone : ciselée et ornée d'un vol de cinq cigognes sur la face principale.

46 — Garde en fer, quadrilobée, ornée en relief de divers métaux : deux hommes sur le bord de l'eau tirent sur une corde pour faire avancer un bateau.

47 — Garde en fer uni, décorée d'une gourde en bronze rouge. Signée : Massatshika.

48 — Garde en fer, damasquinée et rehaussée de divers métaux : trois personnages en relief

entourent un grand vase qui forme le centre par où passe la lame.

49 — GARDE en fer, en partie ajourée et incrustée de divers métaux : un personnage dans une grotte, près de lui un tigre sort d'une anfractuosité de rocher. Pièce signée.

50 — GARDE en fer, délicatement décorée d'un dessin régulier finement évidé : métal d'un son exceptionnel. Pièce signée et cachet or : Seiriuken Yeiju.

51 — GARDE en fer plein, quadrilobée, avec incrustations d'or et d'argent Le sujet représente un lapin en relief près d'une touffe de plante fleurie. Lune à moitié cachée. Signée d'un cachet en argent au revers.

52 — GARDE en fer fond uni, avec des médaillons en argent incrustés représentant des dragons finement ciselés.

53 — GARDE en fer avec incrustations d'or, d'argent et shakoudo. Comme sujet, jeunes chevaux en liberté dans un joli paysage, près d'un

arbre en fleur, au-dessus d'une cascade. Signée : Yoshimassa.

54 — Garde en fer, richement décorée et incrustée de divers métaux : or, argent, shakoudo, bronze rouge; un personnage appuyé sur un bâton regarde en face de lui, une cascade qui jaillit de rocher en rocher. Pièce signée.

55 — Garde en fer, ajourée et évidée de fins traits de scie : représente deux grandes crevettes à longs tentacules. Pièce reproduite dans le *Japon artistique*, n° 33. Signée : Massakata.

56 — Garde en fer, décorée en relief d'un dragon émergeant des flots. Signée : Itshirisaï tomoyoski.

57 — Garde en fer, très finement décorée de fleurs et de feuillages, délicatement découpée et évidée à la scie avec quelques rehauts d'or.

58 — Garde en fer, découpée et évidée, représentant deux personnages : l'un à cheval, l'autre à pied; le premier fait remarquer au second le mont Fouji dont on voit la cime dans le fond.

59 — Garde en fer de forme sexagone, entièrement ciselée et évidée et représentant un dragon se repliant sur lui-même. Pièce signée.

60 — Garde en fer, évidée et ciselée dans la perfection, représentant des chrysanthèmes et des clématites. D'un travail très fini.

61 — Garde en fer d'une forme rare, très ancienne, représentant au bas un animal fantastique sortant des flots; en haut, un dragon ailé sur les nuages. Au revers, animaux fantastiques. Pièce signée.

62 — Garde en fer, découpée, évidée et ciselée, simulant des feuilles de vigne vierge s'enguirlandant sur une claire-voie, rehauts d'or sur les feuilles. Pièce signée.

63 — Garde en fer, découpée, évidée et ciselée représentant une tige d'avoine surmontée de son épi et enroulée sur elle-même, rehauts d'or. Pièce signée.

64 — Garde en fer, quadrilobée à fond uni, in-

crustations or et argent. Une cigogne vole au-dessus de tiges de roseaux.

65 — Garde en fer, ajourée, représentant une grande crevette aux longs tentacules en enroulement. Pièce signée.

66 — Garde en fer, quadrilobée et entièrement couverte d'un dessin régulier finement découpée, évidée et repercée à la scie. Signée d'un cachet d'or.

67 — Garde en fer, entièrement couverte d'un dessin régulier, à peu près le même travail que la précédente.

68 — Garde en fer : pièce dont le motif semble représenter le fond de la mer. Certaines parties sont découpées à jour et niellées d'or. Pièce signée.

69 — Garde en fer, quadrilobée : décors en relief avec incrustations d'or; un personnage descendu de cheval richement vêtu joue de la flute tandis que sa monture broute l'herbe. La lune brille dans tout son éclat.

70 — Garde en fer tout uni, ornée seulement d'une feuille de vigne vierge découpée à la scie et d'une autre ciselée dans le métal. Rehauts d'or sur le bord et sur le plat. Beau métal d'un son très pur.

71 — Garde en fer, quadrilobée, découpée à la scie et ciselée très délicatement. Ce motif de fleurs enguirlandées est d'un bel effet décoratif dans toutes ses parties. Reproduite par le *Japon artistique*.

72 — Garde en fer, ajourée et ciselée, représentant des feuillages divers et des fruits. Très beau travail. Pièce signée d'un cachet d'or.

73 — Garde en fer martelé, et décorée d'un papillon en relief avec incrustations d'or.

74 — Garde en fer, quadrilobée, avec incrustations d'or et d'argent. Le motif représente un aigle se précipitant au bord de la mer pour y saisir une proie.

75 — Garde en fer, finement ciselée et ajourée, représentant une vigne grimpant et enguir-

landée autour d'un treillage soutenu par des pieux : le cercle est incrusté d'or. Belle pièce signée.

76 — Garde en fer portant en relief, avec rehauts d'or, une série de dix figures mythologiques disposées en cercle. Signée : Kanëiyé.

77 — Garde en fer, ajourée, représentant un rond formé par des sacs de riz. Signée : Toshi-Ouji.

78 — Garde en fer uni, décorée en relief d'une rave en shakoudo et attaquée par deux souris. Pièce signée.

79 — Garde en fer uni, quadrilobée, décorée en relief d'un sujet représentant un homme et son enfant se disposant à se livrer au plaisir de la pêche.

80 — Garde en fer uni, décorée d'un sujet en shakoudo avec rehauts d'or représentant deux canards sauvages dont l'un tombe blessé. Signée : Itshiyanaghi Tomoyoshi.

81 — Garde en fer ajourée et ciselée, représentant l'oiseau de Xo déployant son magnifique plumage dans une belle forme décorative.

82 — Garde en fer, quadrilobée, représentant une planche de sapin avec toutes les veines du bois. Trois araignées en sentokou courent sur la surface.

83 — Garde en fer sur fond uni. D'une grotte émerge une tête de vieux sorcier en bronze rouge avec anneau d'or à l'oreille; la tête est recouverte d'une étoffe laissant voir une affreuse figure. Pièce signée.

84 — Garde en fer, découpée à jour et représentant une branche de pommier en fleur renfermée dans un cercle.

85 — Garde en fer, ajourée, incrustée et damasquinée de divers métaux, représentant un guerrier se préparant au combat. Pièce signée.

86 — Garde en fer, quadrilobée, à fond martelé

et rehaussé de différents métaux : niellure et damasquinure. Trois personnages dont un nimbé sont autour d'une grande urne.

87 — GARDE en fer plein, entièrement ciselée et couverte d'un enchevêtrement de fleurs innombrables : légers rehauts d'or, pièce d'un très beau travail et d'un son de métal d'une sonorité remarquable. Belle pièce signée.

88 — GARDE en fer, ajourée, dont le motif représente des vases, des fleurs et divers objets.

89 — PAIRE DE GARDES ajourées et ciselées de forme quadrilobée représentant un nombreux vol de cigognes. Travail d'une grande finesse. Signées : Inouyé Kiyotaka.

90 — GARDE en fer, décorée à jour et ornée de nombreux personnages en relief richement rehaussés d'or et de divers métaux : ils paraissent se livrer les uns à la lecture, les autres à la musique; certains écoutent. Pièce signée.

91 — GARDE en fer ciselé, dont le motif représente

une ruche d'abeilles : une d'elles se trouve sur le sommet et se prépare à rentrer dans sa cellule. Signée : Suriuken Yeiju.

92 — Garde en fer plein, rehaussée de branches de cerisier en fleurs ; incrustations d'or et d'argent.

93 — Garde en fer plein, quadrilobée, représentant une araignée au centre de sa toile ; incrustations d'or.

94 — Garde en fer plein, quadrilobée, décorée d'un vol de deux canards sauvages ; incrustations d'or sur les deux faces.

95 — Garde en shakoudo, entièrement ciselée et décorée d'une myriade de fleurs avec incrustations d'or.

96 — Garde en fer, ajourée et ciselée avec applications d'or, d'argent et de bronze. La scène représente un combat entre deux guerriers au bord d'une rivière.

97 — Garde en fer, ajourée et ciselée, dont le su-

jet est formé d'un oiseau de Fô enroulé sur lui-même.

98 — GARDE en shakoudo, quadrilobée, rehaussée d'incrustations d'or, d'argent et de bronze. Le décor représente sur ses deux faces un campement au bord de la mer. Nombreux personnages puisant de l'eau. Le fond est parsemé d'une profusion de coquillages.

99 — GARDE en shakoudo, à fond granulé et incrusté d'or, d'argent et de bronze. La scène représente sur la face un combat entre deux guerriers, et au revers, un cavalier arrive bride abattue au secours de l'un des combattants.

100 — GARDE en fer entièrement ajourée et ciselée, représentant un entrelacement de feuilles de vigne grimpant après un treillage.

101 — GARDE en fer, quadrilobée, ajourée et finement ciselée. Le décor représente des tiges de seigle portant leurs épis sur lesquels voltigent des insectes.

102 — GARDE en fer martelé, représentant une sor-

cière adossée à un rocher près d'un vieux sapin. Inscriptions en shakoudo.

103 — Garde en fer martelé avec incrustations d'or et d'argent représentant un dragon dans les airs et décorée sur la face et le revers de petits nuages en émail translucide cerclé d'or.

104 — Garde en shibuitshi, décorée en relief de deux cavaliers armés dont l'un poursuit l'autre et l'oblige à traverser une rivière à la nage. Nombreuses incrustations d'or, d'argent et de bronze.

105 — Garde en fer plein, modelée et décorée en fort relief sur le contour de la garde, d'un puissant dragon émergeant des flots. Incrustations d'or.

106 — Garde en fer, très épaisse, ajourée et ciselée, représentant un oiseau de Fô enroulé et formant la décoration même de la garde.

107 — Garde en shakoudo, unie, représentant sur les deux faces des médaillons décorés

d'animaux divers. Incrustations d'or et d'argent.

108 — Garde en shakoudo, représentant un personnage dans une barque. Au revers un brillant clair de lune. Incrustations d'or et d'argent.

109 — Garde en bronze jaune, incrustée de divers métaux et représentant deux personnages en relief déroulant des parchemins.

110 — Garde en shakoudo, quadrilobée, à fond granulé, représentant un vol d'oiseaux; épis de seigle en relief. Applications or et bronze.

111 — Garde en shibuitshi à fond quadrilobé et uni, représentant une gerbe de fleurs des champs. Incrustations de divers métaux.

112 — Petite garde en shakoudo, quadrilobée et à fond strillé, représentant un coq et une poule dans un poulailler. Incrustations en relief de plusieurs métaux.

113 — Garde en bronze jaune représentant un

cheval en liberté. Incrustations d'or et de bronze.

114 — Garde en fer plein, avec incrustations d'or et de divers métaux. La scène représente des personnages portant des marchandises. Au revers, un brigand caché apparaît entre deux troncs d'arbres.

115 — Garde en sentokou, ajourée, représentant un personnage assis près d'un ruisseau. Derrière lui est un vieux tronc d'arbre découpé à jour. La lune se montre à travers les nuages.

116 — Garde en sentokou. Le décor représente une cigogne à côté d'une tige de bambou. Incrustations d'argent et de shakoudo.

117 — Garde en bronze rouge, gravée et rehaussée d'applications d'or, d'argent et de bronze. Le décor représente deux enfants sur un nuage regardant un personnage dans l'eau sous la chute d'une cascade.

118 — Garde en shakoudo à fond granulé, déco-

rée en relief des attributs du commandement. Le tout rehaussé d'or et d'argent.

119 — Garde en shibuitshi, quadrilobée, représentant un cavalier armé d'un arc et visant un oiseau volant vers un navire.

120 — Garde en sentokou, quadrilobée, avec applications d'or, d'argent et de bronze. Le sujet représente un nain jouant de la flûte. Devant lui, un bufle couché. Au revers, un saule et divers objets.

121 — Garde en fer, ajourée et ciselée et finement découpée, représentant une branche de houx portant ses fruits. Sur le sommet est un oiseau de Fô.

122 — Garde en bronze rouge, martelée, sur laquelle se promènent des insectes rehaussés de divers métaux.

123 — Garde en fer, quadrilobée, avec applications en relief, d'or, d'argent et de divers métaux. Le décor représente sur ses deux faces des fleurs et des papillons.

124 — Garde en fer, ciselée et découpée à jour, représentant divers attributs formant décoration et dont le motif principal est une corbeille de fleurs.

125 — Garde en fer avec applications d'or et d'argent représentant sur ses deux faces de nombreux personnages.

126 — Garde en fer, ciselée et repercée à jour. Le décor représente des branches de fleurs et de feuillage. Au bas deux perdrix.

127 — Garde en shibuitshi représentant un personnage dans une hutte à toit de chaume montrant un livre. Rehauts d'or et d'argent.

128 — Garde en fer, quadrilobée, décorée de médaillons sur ses deux faces représentant des fleurs et des oiseaux. Rehauts d'or et d'argent.

129 — Garde en shakoudo à fond granulé représentant un personnage tenant une cage dont il vient de laisser échapper un oiseau qu'un enfant cherche à rattraper. Personnages au

revers, nombreuses incrustations d'or et d'argent.

130 — Garde en fer, ajourée et ciselée, représentant une carpe au milieu des flots, applications d'or et d'argent. Les flots sont hérissés de nombreuses gouttes d'argent.

131 — Garde en fer, ajourée avec incrustations d'or. Le sujet représente une bourse et une boîte à compartiments richement niellée avec ses accessoires, bouton, netzké, etc.

132 — Garde en fer, décorée en relief d'une carpe en shakoudo au milieu des flots. Applications d'or et d'argent.

133 — Garde en fer martelé, représentant un curieux personnage tenant un faucon sur son poing. Riches rehauts d'or, d'argent et de shakoudo. Pièce très ancienne avec signature illisible.

134 — Garde en fer, finement ciselée avec applications d'or et d'argent. Un tigre furieux et menaçant semble défier un dragon

dans les airs. Le sujet apparaît sur les deux faces.

135 — GARDE en fer uni, dont le contour est formé d'une forte tige de bambou, d'où s'échappent de jeunes pousses, dont le feuillage forme la décoration.

136 — GARDE en fer représentant un personnage légendaire; il fait sortir de la fumée un être fantastique qui s'en va dans les airs. Applications d'or, d'argent et de divers métaux. Pièce très ancienne. Signature illisible.

137 — GARDE en fer, entièrement ajourée et finement ciselée, décorée d'un arbre dont les branches et les fleurs forment un étroit réseau. Applications d'or.

138 — GARDE en fer uni, décorée de branches de bambou se découpant sur le soleil. Au revers, le décor se reflète dans l'eau.

139 — GARDE en fer, quadrilobée, ajourée et ciselée, représentant des fleurs et des feuilles.

140 — Garde en shakoudo avec applications d'or et d'argent. Le décor représente un personnage appuyé contre un mur et regardant une branche de fleurs.

141 — Garde en fer, quadrilobée, avec applications d'or et d'argent. Le décor représente une femme assise sur sa terrasse. Au revers un personnage assis.

142 — Garde en bronze jaune, ajourée et ciselée, représentant un dragon enroulé dans un cercle.

143 — Garde en shakoudo à fond granulé représentant un canard sauvage dans les airs. Applications d'or et d'argent.

144 — Garde en bronze jaune, ajourée et ciselée, représentant deux dragons entrelacés.

145 — Garde en fer, quadrilobée et richement damasquinée sur ses deux faces et représentant un dragon dans les nuages.

146 — Petite Garde en fer à fond granulé repré-

sentant des oiseaux. Décor en relief or et argent.

147 — Garde en bronze rouge avec applications d'or, d'argent et de shakoudo. Le décor représente une déesse armée d'une paire de ciseaux et portée par un dragon. Puissant relief.

148 — Garde en fer, ajourée et finement ciselée, à bords niellés. Le décor représente deux dragons entrelacés. Magnifique travail de ciselure.

149 — Garde en fer avec applications d'or, d'argent et de divers métaux. Un cavalier d'un puissant relief met en fuite ses ennemis. Très belle pièce.

150 — Garde en bronze brun mat, cerclée de shakoudo. Elle est décorée sur les deux faces, en relief, de traits en or, argent, shakoudo et bronze rouge, qui représentent une troupe de chevaux en liberté.

151 — Garde en sentokou. Pièce remarquable

représentant un vieillard à longue barbe, riant, d'un travail de modelé et de ciselure extraordinaire sur argent. Il tient dans sa main une boîte portant une inscription. La lune apparaît dans l'échancrure des nuages. Au revers, légende gravée formant décoration Signée : Itsando Johi. Cachet or.

152 — Garde en fer, incrustée d'or. Un célèbre héros chinois de l'antiquité s'avance sur un pont. Aux revers, on voit les ennemis s'enfuir d'épouvante. Ph. Burty l'avait surnommée « la bataille d'Eylau ». Signée : Kankei. Cachet or. Pièce reproduite dans l'*Art japonais* de L. Gonse.

153 — Garde en shibuitshi et fer juxtaposé par moitié, d'un très bel effet. Riches rehauts d'or et d'argent. La face en shibuitshi représente une femme et ses trois enfants dans la campagne surpris par la neige qui tombe à flocons. Le revers, en fer uni d'un noir mat, représente un sapin surchargé de neige. Signée : Yasoushika. Cachet or.

154 — Garde en shibuitshi très foncé, décorée

en relief d'un coq et d'une poule en shakoudo, à rehauts d'or, et d'une tige de chrisanthèmes dont les feuilles sont en émail translucide sur or. Signée : Yamamoto Ruirinsai Tomoyassu.

155 — GARDE en bronze rouge, cerclée de shakoudo. Applications d'or représentant un sennin (saint bouddhique) tenant une sébille de la main droite d'où s'échappe de la fumée. Signée : Johi. Cachet or.

156 — GARDE en fer, quadrilobée, avec rehauts d'or et d'argent. Le motif découpé à jour représente la légende de la bouilloire changée en blaireau. Signée : Tashikaghé.

157 — GARDE en bronze rouge d'un modelé remarquable avec applications d'or et d'argent. Le sujet représente un personnage paraissant un ogre et tenant dans sa main un enfant qu'il semble vouloir dévorer. Au revers est représenté le sommet neigeux du mont Fouji. Signée : Itsando Johi. Cachet or.

158 — GARDE en fer, quadrilobée, incrustée d'or

et d'argent. La scène représente un sujet historique. L'Impératrice Jingo (VIIIe siècle), en costume de commandant d'armée, confie son enfant nouveau-né à un vieux guerrier. Signée : Hôjusaï. Cachet or. Pièce reproduite dans le journal l'*Art*.

159 — GARDE en shakoudo très foncé avec applications d'or, d'argent et de divers métaux. Représentant un groupe de trois personnages importants d'un modelé et d'une ciselure remarquables. Au revers, un prunier en fleurs. Signée : Konkouan.

160 — GARDE en fer, évidée et ciselée, représentant un dragon dans les flots, qui s'enroule en cercle. Signée : Itshi, Yanaghi, Tomoyoshi.

161 — GARDE en bronze rouge représentant un sennin (saint bouddhique) laissant échapper un cheval de sa gourde. Signée : Itsando Johi.

162 — GARDE en shakoudo très foncé, d'un son très pur et finement martelée, représentant un personnage légendaire accroupi sur une tortue. Signée : Itsando Johi. Cachet or.

163 — GARDE en fer uni, incrustée de shakoudo d'or et d'argent. Un dragon sort de l'écume des flots et s'élance vers les cimes neigeuses du mont Fouji. Au revers, deux arbres agités par le vent, sur une plage semée de coquillages. Signée : Yoshitsugou.

164 — GARDE en shibuitshi avec applications d'or, d'argent et de shakoudo. Le décor représente le nombreux cortège d'un daïmio, sous la forme de rats travestis. Sur la face les personnages sont en relief et le gros de la troupe, qui suit au revers, est gravé en creux à la pointe. Signée : Joghetsusaï, Hiroyoshi.

165 — GARDE en fer uni, avec applications d'or et d'argent. Le sujet représente deux grues entourées d'herbe et de pousses de sapin. Signée : Wada Ishin.

166 — GARDE en shakoudo grenu. Elle est décorée, en relief puissant, d'une statue : l'une des deux qu'on érige comme gardien de chaque côté des portes du temple. La figure est en bronze rouge avec portions d'or incrusté.

Au revers, deux colombes dans un tronc d'arbre. Signée : Toriuken Noritoshi.

167 — Garde en fer portant en bas-relief des bambous éclairés par la lune. Incrustations en shakoudo et argent. Signée : Akihidé.

168 — Garde en shibuitshi avec incrustations d'or, d'argent et de divers métaux. Le sujet représente un personnage la tête couverte d'un immense chapeau et tenant à la main un bâton de pèlerin. Devant lui un jeune enfant porte une gourde et divers accessoires sur son dos. Signée : Toshinaga.

169 — Garde en sentokou avec incrustations d'or, d'argent et de shakoudo. Le sujet représente en relief un coq juché sur un poulailler couvert en chaume. Une poule est en bas qui l'appelle. Signée : Nobouzui.

170 — Garde en shibuitshi avec incrustations d'or et d'argent. Un saint bouddhique, la tête entourée d'une auréole, est porté sur les flots par un dragon. Signée : Toshihiro.

171 — Garde en sentokou, ciselée avec incrustations d'or, d'argent et de divers métaux. Le décor représente un coq et une poule en puissant relief. A droite, un arbuste couvert de fruits et de feuillages de différents tons. Au revers, un colombier et deux colombes en relief. Signée : Hisanori.

172 — Garde en shakoudo à fond granulé. Le décor représente un arbre dont les branches sont couvertes de feuilles et de fleurs en relief de divers métaux. Signée : Hiromassa.

173 — Garde en shibuitshi, ajourée et ciselée. Cette garde est formée de ballots de riz reliés entre eux. Signée : Goto Seijo.

174 — Garde en shakoudo très foncé et d'un son très pur. Le fond est strillé et orné en relief de trois libellules. Incrustations d'or et de divers métaux. Signée : Foussamitsu.

175 — Garde en shakoudo à fond chagrin. Incrustations d'or, d'argent et de divers métaux. La scène représente un guerrier tenant un étendard et semblant provoquer un cava-

lier armé d'un arc. Au revers un troisième guerrier armé d'un arc. Signée : Tamagawa Yoshihissa.

176 — Garde en fer, ajourée et ciselée. Incrustations d'or et d'argent. Le sujet représente une scène guerrière d'un puissant modelé. Un cavalier terrasse ses ennemis. Signée : Mitsushigé. Cachet or.

177 — Garde en bronze rouge (champlevé). Incrustations d'or, d'argent et de shakoudo. Le sujet représente un personnage légendaire suivi, au revers, d'un jeune enfant portant une gourde sur le dos. Signée : Hamano-Kiozui.

178 — Garde en fer modelée à rehauts d'or. La scène représente un diable devant un saint bouddhique qui entr'ouvre sa poitrine pour montrer qu'il y porte renfermée l'image du divin Çakya Mouni. Signée : Ghiokouriuken Katsouhiro.

179 — Garde en shibuitshi avec applications or. Le décor représente un tigre sous la pluie finement ciselé. Signée : Shiumin.

180 — Garde en fer, modelée, ciselée et ajourée. Avec applications d'or et d'argent. Un héros, le glaive à la main, s'élance à l'attaque d'un dragon qui s'avance vers lui au milieu des flots écumants. Signée : Yoshiwadjii.

181 — Garde en bronze rouge, martelée avec applications d'or, d'argent et de shakoudo. Le sujet représente un saint bouddhique tenant une gourde à la main d'où s'échappe un petit cheval. Signée : Joï.

182 — Petite garde en fer, ajourée, ciselée, formée de deux dragons enroulés. Très beau travail de ciselure. Signée : Yeijiu. Cachet or.

183 — Garde en shakoudo, ajourée et ciselée, avec applications d'or et d'argent. La scène représente un guerrier assis et désarmé. Deux démons cachés semblent l'observer. Signée : Jouzui.

184 — Garde en sentokou à fond strillé avec incrustations d'or, décorée de médaillons sur les deux faces représentant un dragon sous différents aspects. Signée : Hironutsu.

185 — Garde en argent massif, unie. Le bord forme bourrelet avec applications d'or et de divers métaux représentant des plantes et arbustes en fleurs. Signée : Toshikaghé.

186 — Garde en argent rocaillé représentant en traits brillants la silhouette d'un hibou. Un singulier personnage revêtu de peau de bêtes et coiffé d'un énorme chapeau, porte deux petites boîtes à la main. Au revers, deux chiens au pied d'un pigeonnier en relief. Incrustations d'or et de divers métaux. Signée : Teroutada.

187 — Garde en fer, carrée, à angles abattus. Elle est ornée en bas-relief à rehauts d'or et d'argent, de deux dragons, et au revers sont représentées deux des musiciennes célestes. Signée : Mounésada.

188 — Garde en fer strillé, incrustée de bronze et de shibuitshi. Dans une gourde ouverte sur le côté un cheval est visible. Un autre cheval vu de dos vient de s'en échapper. Signée : Ko-ounsaï Kosen.

189 — Garde en fer entièrement damasquinée

d'or sur ses deux faces, de fleurs et d'oiseaux. Signée : Ossahiro. Cachet or.

190 — Garde en fer, modelée et ciselée. Elle est ornée en relief d'une chenille en or contournant sur les deux faces, une autre chenille est gravée en creux. Signée : Kiozui.

191 — Garde en shakoudo avec applications d'or, d'argent et de divers métaux. Le sujet représente un guerrier armé d'une lance. Signée : Hirozui.

192 — Garde en fer, unie, représentant un singe en shakoudo finement ciselé, assis sur un vieux tronc d'arbre. Signée : Ishigouro.

193 — Garde en shibuitshi avec applications d'or, d'argent et de divers métaux. Le décor représente en relief un groupe de porteurs derrière une barrière ; au revers, un corbeau sur un arbre. Signée : Konkouan.

194 — Garde en shibuitshi avec applications et incrustations d'or. Le sujet représente un tigre finement ciselé, à l'abri sous des feuil-

lages de bambou dont le tronc principal se trouve au revers. Signée : Thosinaga.

195 — GARDE en fer avec applications d'or. Le sujet représente deux êtres difformes dont un sort d'un tronc d'arbre et ayant chacun un bras d'une longueur démesurée. Signée : Yoshihika.

196 — GARDE en fer, quadrilobée, avec applications d'or, d'argent et shibuitshi. La scène représente un ours faisant le beau avec une palme dans sa patte. Signée : Harouakira.

197 — GARDE en shibuitshi, bombée, décorée par applications d'or, d'argent et de shakoudo. Le décor représente un prunier en fleurs. Signée : Toshimassa.

198 — GARDE en shibuitshi, rehaussée d'or et de divers métaux. Le sujet représente en relief un coq juché sur un tamtam; en bas est une poule avec ses poussins. Signée : Tomomitsu.

199 — GARDE de sabre de dame, en fer avec rehauts d'or et d'argent. Une silhouette de grenouille,

découpée dans le métal et une de face en raccourci. Une sorte de bourrelet forme le pourtour de la garde dont le plat est incrusté d'un ruisseau et d'un roseau; sur la tranche se trouve une poésie en damasquine. Signée : Itsukashiki Juwo.

200 — Garde de petit sabre en sentokou, martelée, incrustée d'or et de shakoudo. Un crabe est caché sous la cavité d'un terrain où poussent des roseaux. Signée : Yassutshika.

201 — Garde en shibuitshi avec incrustations d'or et d'argent. Un cavalier fouette son cheval pour le faire entrer de force dans les flots. Signée : Harushima Noboumassa.

202 — Garde en shibuitshi, applications d'or et d'argent. La scène représente un sennin accroupi regardant un petit cheval qui vient de s'échapper de sa gourde. Signée : Otsuriuken.

203 — Garde en shibuitshi avec incrustations d'or et d'argent. Le décor représente un cavalier fouettant son cheval pour le faire entrer

dans l'eau. Le cheval apparaît sur les deux faces. Signée : Seizui.

204 — Garde en shibuitshi à fond craquelé, applications d'or et de divers métaux. Un kakémono gracieusement décoré est accroché au mur. En relief, deux rats, dont un ronge un éventail. Au revers, un troisième rat et une branche de fleurs. Signée : Yassutshika.

205 — Une paire de gardes en shakoudo à pointillé régulier, applications d'or, d'argent et de divers métaux; décorées en relief sur les deux faces d'une série d'attributs de commandement. Signée : Yanagawa Naomassa.

206 — Garde en sentokou à fond pointillé et décor en relief représentant deux personnages riant, dont l'un tient un balai et l'autre déroule un parchemin. Magnifique pièce signée.

207 — Garde en sentokou de forme carrée à angles abattus, avec applications d'or, d'argent et de divers métaux. Le sujet en puissant relief, d'un modelé remarquable, représente

un important personnage légendaire, magnifiquement vêtu tenant d'une main une boîte et de l'autre un bâton de pèlerin. Un ibis marche à son côté. Magnifique pièce signée.

208 — GARDE en shibuitshi, gravée et finement ciselée en champlevé avec applications d'or et d'argent. La scène représente deux personnages paraissant prendre plaisir aux jeux d'un enfant. Au revers, un personnage dort la tête appuyée sur un coussin. Pièce signée et cachet or.

209 — GARDE en fer avec incrustations d'argent et de shakoudo. Le sujet représente un tigre caché dans un creux de rocher au pied d'une cascade. Pièce signée.

210 — GARDE en shakoudo avec rehauts d'or, d'argent et de divers métaux, représentant un pêcheur de retour de la pêche. Pièce signée.

211 — GARDE en fer, entièrement damasquinée d'or sur les deux faces, d'oiseaux et de fleurs. Pièce signée.

212 — Garde en shakoudo avec rehauts d'or. Le décor représente un buffle furieux qui, ayant rompu son attache, se trouve arrêté par une rivière. A droite, un arbre sur lequel s'est réfugié un enfant. Pièce signée.

213 — Garde en sentokou, martelée avec rehauts d'or et de divers métaux. Une grue volant au-dessus de tiges de bambous émergeant de l'eau. Pièce signée.

214 — Garde en fer représentant un immense filet de pêche, ciselé et ajouré. La lune se découpe à travers les nuages. Pièce signée.

215 — Garde en fer, ajourée et décorée en relief par applications d'or, d'argent et de shakoudo de deux personnages : l'un tient une lance à la main, l'autre déroule un parchemin. Au revers, un sapin découpé à jour. Pièce signée.

216 — Garde en shibuitshi avec rehauts d'or. Un aigle est perché sur un rocher émergeant des flots parsemés de coquillages. Pièce signée.

217 — Paire de gardes en fer, ciselées et ajourées, dont le décor est formé de flèches, venant converger au centre. Pièce signée.

218 — Garde en shibuitshi, gravée et ciselée, avec rehauts d'or et de divers métaux. La scène représente plusieurs personnages, qui semblent attendre le réveil d'une déesse. Au revers, deux personnages assis et causant. Pièce signée.

219 — Garde en shibuitshi, gravée et ciselée, rehaussée d'or. Le sujet représente un personnage légendaire, semblant jouer avec une tortue. Pièce signée.

220 — Garde en shakoudo, gravée et ciselée, avec applications d'or et de divers métaux. Un guerrier richement vêtu et un enfant contemplent des oiseaux volant dans les nuages. Au revers, un personnage tenant un étendard. Pièce signée.

221 — Garde en shibuitshi, gravée et ciselée avec incrustations d'or, d'argent et de divers métaux. Le décor représente deux personnages

traversant l'eau dans un bateau. Au revers, un arbre dont les branches se perdent dans les nuages. Pièce signée.

222 — Garde en shakoudo à fond chagriné, décorée en relief avec applications d'or et d'argent. Deux grues traversent un ruisseau dont les bords sont fleuris de roseaux. Au revers, même décor. Pièce signée.

223 — Garde en shibuitshi, ajourée avec rehauts d'or et décorée en relief. Un personnage, ayant un éventail à la main, marche sans voir un tigre embusqué à quelques pas de lui. Au revers, le corps du tigre apparaît en relief finement damasquiné. Pièce signée.

224 — Garde unie en bronze d'or, gravée et ciselée. Un personnage, coiffé d'un large chapeau et armé d'un sabre, est à cheval sur un chien de Fô. Au revers, un démon est accroupi contre un tronc d'arbre. Pièce signée.

225 — Garde en shakoudo dont les bords forment bourrelet, décorée par applications d'or et d'argent, d'insectes au milieu de plan-

tes aquatiques. Papillons volant dans les airs. Le revers, à fond strillé, est décoré de branches de fleurs en relief. Pièce signée.

226 — GARDE en shibuitshi avec applications d'or et de divers métaux. Plusieurs personnages dans un bateau au milieu d'une rivière. Au revers, un saule au bord de l'eau. Pièce signée.

227 — GARDE en shibuitshi, gravée, ciselée et décorée en relief par applications d'or, d'argent et de divers métaux. Le sujet représente un personnage ayant auprès de lui un taureau couché et regardant une déesse marchant sur les nuages. Pièce signée.

228 — GARDE en bronze d'argent, décorée par applications en relief, d'or, d'argent et de divers métaux. Le décor représente sur les deux faces de nombreux objets à l'usage domestique. Pièce signée.

229 — GARDE en shibuitshi avec applications en relief d'or et d'argent. Le décor représente deux ibis, dont un volant dans les airs

et l'autre au milieu des roseaux. Pièce signée.

230 — Garde en fer, quadrilobée, dont les bords contiennent les flots au milieu desquels apparaît sur les deux faces un immense dragon en relief d'or. Magnifiquement ciselée. Belle pièce signée.

231 — Garde en shakoudo très foncé, à fond chagriné avec applications en relief d'or, d'argent et de shibuitshi. Une femme appuyée contre un prunier en fleurs et tenant son enfant. Pièce signée.

232 — Garde en shibuitshi, finement martelée, ciselée et gravée en champlevé. Groupe de personnages sur les deux faces écoutant la lecture faite par l'un d'eux. Pièce signée.

233 — Garde en shibuitshi à fond pointillé, avec applications d'or et d'argent, représentant un personnage symbolique assis sur un cerf et planant dans les nuages. Une cigogne vole dans les airs. Pièce signée.

234 — Garde en shibuitshi, magnifiquement décorée en puissant relief et rehaussée d'or, d'argent et de métaux les plus variés. La scène représente un guerrier endormi ayant près de lui ses armes. Une déesse lui apparaît marchant sur les nuages et portant un arc et ses flèches. Belle pièce signée.

235 — Garde en fer, ajourée et ciselée, représentant des tiges de plantes avec leurs fleurs. D'un très bel effet décoratif. Pièce signée.

236 — Garde en fer uni, modelée avec applications d'or, d'argent et de shakoudo; représentant un personnage légendaire tenant à la main un bâton de pèlerin et une tortue. Le mont Fouji couvert de neige se montre à travers les nuages. Au revers, un cerf et une grue couchés. Pièce signée.

237 — Garde en shibuitshi, rehaussée d'or, ciselée et gravée en champlevé, représentant un groupe de personnages, dont l'un semble lire sur un parchemin. Au revers, groupe de trois personnages. Pièce signée.

238 — Garde en fer à fond martelé et maroquiné, décorée en relief sur les deux faces d'une délicate branche de fleurs et papillons en or finement ciselés. Pièce signée.

239 — Garde en fer, ajourée, avec applications d'or et d'argent. Le sujet représente un loup modelé en relief et paraissant affamé. Tiges de graminées en fleurs sur les deux faces. La lune se montre à travers l'échancrure des nuages. Pièce signée et cachet.

240 — Garde en sentokou, ajourée et ciselée, représentant un personnage et un enfant traversant un pont. Applications d'or et d'argent et de shakoudo.

241 — Garde en fer, ajourée et ciselée, avec applications d'or, d'argent et de shakoudo. Le sujet représente un nègre faisant la récolte de la canne à sucre. Pièce signée.

242 — Garde en shibuitshi avec applications d'or, d'argent et de divers métaux. Le sujet représente un groupe de nobles personnages richement vêtus. A gauche un sapin. Pièce signée.

243 — Garde en shibuitshi, ciselée et gravée en champlevé, avec applications d'or, d'argent et de divers métaux. La scène représente d'un côté deux cavaliers chassant le canard, et sur l'autre un seul cavalier chasse le sanglier. Pièce signée.

244 — Garde en shibuitshi, ciselée et gravée en champlevé, avec incrustations d'or et d'argent, représentant un groupe de deux guerriers, dont l'un tient une torche, tandis que l'autre tue un animal fantastique. Un serpent siffle au-dessus de sa tête. Pièce signée.

245 — Garde en fer, unie, d'un métal très pur, décorée à jour de trois feuilles festonnées, découpées à la scie. Pièce signée.

246 — Garde en shibuitshi, décorée par applications d'or et d'argent. Le sujet représente deux personnages modelés en relief et dansant. Pièce signée.

247 — Garde en fer plein, rehaussée d'or, d'argent et de shakoudo. Le sujet représente une

cabane au toit de chaume. Un buffle ayant rompu son lien court en liberté.

248 — GARDE en shibuitshi, finement modelée et ciselée, applications d'or, de bronze et de shakoudo. Un personnage paraît épouvanté à l'aspect d'un démon qui semble sortir de terre. Le démon apparaît au revers. Pièce signée.

249 — GARDE en sentokou, décorée d'un chalet près d'un pont au bord de l'eau. Vol d'oiseaux. Pièce signée.

250 — GARDE en shakoudo, ajourée et ciselée, nombreuses applications d'or. Le sujet représente de nombreux guerriers combattant sur terre et sur l'eau. Pièce signée.

251 — GARDE en shibuitshi, finement gravée et rehaussée d'or, d'argent et de bronze. Le sujet représente un personnage se couvrant la figure d'un masque grotesque pour effrayer un enfant. Pièce signée.

252 — GARDE en shakoudo, ciselée et modelée

avec rehauts d'or, d'argent et de bronze. Le décor représente deux personnages sur les nuages. Au bas un personnage dans l'eau reçoit la chute d'une cascade qui apparaît sur les deux faces. Pièce signée.

253 — Garde en shakoudo, ajourée et ciselée avec rehauts d'or, d'argent et de bronze. Le décor représente de nombreux personnages jouant, lisant, etc., au milieu d'un paysage, près d'une cascade. Pièce signée.

254 — Garde en shakoudo, quadrilobée aux angles découpés. Fond d'un pointillé régulier. Le décor représente de nombreuses gerbes de fleurs ciselées en or sur les deux faces. Pièce signée.

255 — Garde en shibuitshi, quadrilobée, décorée par applications d'or, d'argent et de shakoudo, d'un bouquet de fleurs enveloppées dans un cornet. Pièce signée.

256 — Garde en shibuitshi, avec applications d'or et d'argent. Le sujet représente un personnage jouant à la balle avec un

jeune enfant. Branche de fleurs. Pièce signée.

257 — Garde en shakoudo, quadrilobée, décorée en relief par applications d'or et de divers métaux, d'un personnage de forte taille à la figure bronzée.

257 *bis* — Garde en fer, ajourée, décorée en relief d'un pèlerin à longue barbe; un démon accroupi en bronze rouge semble le guetter.

258 — Garde en sentokou à fond uni, décorée en relief d'un personnage armé fuyant un démon caché au revers de la garde dans un creux de rocher. Pièce signée.

258 *bis* — Garde en fer plein, décorée sur les deux faces de nombreux guerriers se battant au sabre et à la lance, rehauts d'or et d'argent. Pièce signée.

259 — Garde en shakoudo, ajourée, décorée en relief par applications d'or, d'argent et de bronze, de deux personnages richement vêtus

dont l'un tient une hallebarde et l'autre déroule un parchemin. Pièce signée.

259 *bis* — Garde en argent appliqué, ciselée et ajourée, formée d'un dragon enroulé.

260 — Garde en fer plein, de grand module, avec applications de shakoudo et d'or. Une baleine nage au milieu des flots. Pièce signée.

260 *bis* — Quatre-vingts Gardes variées en fer, shakoudo, sentokou, etc. Ce lot sera fractionné par groupes de 4 ou 5 gardes.

KODZUKA ET KOGAÏ

261 — Kodzuka en shakoudo à double face, monture d'argent. Le décor représente sur une face un dragon ciselé en or émergeant des flots, et sur l'autre face une corbeille de fleurs. Applications en relief d'or et d'argent.

262 — Kodzuka en shakoudo à double face, monture d'argent. Le décor représente sur une face des oiseaux ciselés en relief, et sur l'autre une branche de fleurs. Applications en relief d'or et d'argent.

263 — Kodzuka en shakoudo à double face, monture d'argent. Le sujet représente sur une face plusieurs personnages au bord d'une rivière, et sur l'autre une branche de fleurs. Applications en relief d'or et d'argent.

264 — Kodzuka en shakoudo à double face, monture d'argent. Le sujet représente sur une face plusieurs personnages assis sur une terrasse, et sur l'autre un sapin. Applications en relief d'or et d'argent.

265 — Kodzuka en shakoudo à double face, monture d'argent. Le sujet représente sur une face des forgerons au travail, et sur l'autre une petite charrette traînée par un buffle. Applications d'or et d'argent.

266 — Kodzuka en shakoudo à double face, monture d'argent. Le sujet représente sur une face

un personnage s'apprêtant à frapper de son sabre un démon qui s'avance vers lui, et de l'autre une branche de fleurs. Applications d'or et d'argent.

267 — Kodzuka en shakoudo à double face, monture d'argent. Le décor représente sur une face un bateau chargé, et sur l'autre une charrette chargée de fleurs. Applications d'or et d'argent.

268 — Kodzuka en shakoudo à double face, monture d'argent. Le sujet représente sur une face deux personnages dont l'un dansant, et sur l'autre un panier rempli de fleurs. Applications d'or et d'argent.

269 — Kodzuka en shakoudo à double face, monture d'argent. Le sujet représente sur une face trois guerriers dont deux se battent sur un cheval, et sur l'autre, des feuilles ciselées en relief de plusieurs métaux.

270 — Kodzuka en shakoudo à double face, monture d'argent. Le décor représente sur une face une hallebarde à lame d'argent, et sur

l'autre une branche de fleurs. Applications d'or et d'argent.

271 — Kodzuka en shakoudo à double face, monture d'argent. Le décor représente sur une face, des masques et accessoires, et sur l'autre des oiseaux volant. Applications d'or, d'argent et de bronze.

272 — Kodzuka en shakoudo à double face, monture d'argent. Le sujet représente un personnage dansant devant un ibis, et sur l'autre un enfant à côté d'un buffle et couchés par terre. Arbre, fleurs et paniers. Applications d'or et d'argent.

273 — Kodzuka en shakoudo à double face, monture d'argent. Le décor représente une multitude d'animaux de toutes sortes, et de l'autre une branche de fleurs. Applications d'or et d'argent.

274 — Kodzuka en shakoudo à double face, monture d'argent. Le décor représente sur une face des chevaux s'ébattant en liberté, et sur l'autre une nombreuse variété de fleurs. Applications d'or et d'argent.

275 — Kodzuka en shakoudo à double face, monture d'argent. Le décor représente sur une face un guerrier poursuivant un démon qui s'est emparé d'un vase, et sur l'autre une branche de fleurs. Applications d'or et d'argent.

276 — Kodzuka en shakoudo à double face, monture d'argent. Le décor représente sur une face un paysage avec plusieurs personnages armés, et sur l'autre une grande banderolle d'argent. Applications d'or et d'argent.

277 — Kodzuka en shakoudo à double face, monture d'argent. Le décor représente sur une face des accessoires finement niellés, et sur l'autre une corbeille de fruits et un oiseau. Applications d'or et d'argent.

278 — Kodzuka en shakoudo à double face, monture d'argent. Le décor représente sur une face deux faisans, et sur l'autre une branche de fleurs. Applications d'or et d'argent.

279 — Kodzuka en shakoudo à double face, monture d'argent. Le sujet représente sur une

face deux guerriers combattant en bateau, et sur l'autre une branche de marguerites. Applications d'or et d'argent.

280 — Kodzuka en shakoudo à double face, monture d'argent. Le décor représente sur une face deux guerriers armés au bord de la mer, et sur l'autre une guirlande de fleurs. Applications d'or et d'argent.

281 — Kodzuka en shakoudo à double face, monture d'argent. Le sujet représente sur une face des accessoires finement ciselés, et sur l'autre une branche de feuillage. Applications d'or et d'argent.

282 — Kodzuka en shakoudo. Sur un fond chagriné se détache le mont Fouji en émail cloisonné d'or. Une partie des nuages est en émail translucide.

283 — Kodzuka en shibuitshi, décoré en relief par applications d'or et de divers métaux, d'une branche de fleurs finement ciselée.

284 — Kodzuka en shakoudo à fond chagriné,

décoré en relief d'une branche portant un fruit, à côté d'une serpe. Applications d'or et de divers métaux.

285 — Kodzuka en bronze rouge chagriné. Le décor représente un oiseau pris dans un piège tendu. Applications d'or et de divers métaux.

286 — Kodzuka en shakoudo, décoré en relief d'une branche de fleurs portant un fruit rouge. Applications d'or et d'argent.

287 — Kodzuka en bronze rouge, décoré en relief d'un masque puissamment modelé. Applications d'or et de divers métaux.

288 — Garde en fer, décorée en relief, par application d'argent, d'un cheval galopant. Sur l'autre face un kakémono gravé.

289 — Kodzuka en shibuitshi, décoré par applications en relief d'or, d'argent et de divers métaux, d'une branche de feuilles, papillons volant.

290 — Kodzuka en shakoudo, granulé sur une

face et décorée en relief, par applications d'or et d'argent, d'une branche de glaïeul en fleur.

291 — Kodzuka en shibuitshi. Deux guerriers à cheval passent une rivière; puissant relief avec rehauts d'or et de divers métaux.

292 — Kodzuka en shakoudo cerclé de cuivre. Un cortège d'enfants accompagnant une charrette traînée par un buffle.

293 — Kodzuka en fer à bout arrondi, décoré en relief, par applications d'or et d'argent, d'une branche de pommier en fleurs.

294 — Kodzuka en sentokou formé de tiges de bambou avec feuilles et oiseaux en relief.

295 — Kodzuka à double face en shakoudo et bronze rouge ciselé, et représentant un dragon émergeant des flots; sur l'autre face la silhouette du mont Fouji couvert de neige.

296 — Kodzuka en bronze rouge cerclé de cuivre et décoré en relief d'un papillon en shakoudo.

297 — Kodzuka en fer représentant un dragon ciselé au milieu des flots.

298 — Kodzuka en bronze maroquiné, décoré en relief d'un ustensile domestique.

299 — Kodzuka en bronze rouge martelé, avec décor en relief de feuilles et d'insectes de divers métaux.

300 — 18 Kodzukas en fer, avec applications en relief et incrustations de différents métaux.

301 — Kogaï en shakoudo dont le manche est décoré par applications en puissant relief de branches de feuilles en or et en argent.

302 — Kogaï en shakoudo dont le manche est décoré par applications d'argent en relief d'animaux en liberté.

303 — Kogaï en shakoudo dont le manche est décoré par applications de différents accessoires.

304 — Kogaï en shakoudo dont le manche est

décoré en puissant relief, par applications d'or et d'argent, de branches de feuilles et de fruits.

305 — Kogaï en fer dont le manche est décoré d'un motif ciselé et d'une feuille ciselée en en or.

306 — Sabre avec fourreau en laque noire et annelée, avec bouts, anneaux et kodzuka, rehaussés d'or, d'argent et de divers métaux et décorés de personnages. La garde est en bronze rouge.

307 — Petit motif formant éventail, en bronze avec applications d'or, d'argent et de divers métaux. Le décor représente un joli paysage.

GROUPES ET NETZUKÉ

EN IVOIRE

308 — Groupe composé de trois déesses montées sur une tortue qui marche sur les flots. Cachet.

309 — Figurine formant cachet, représentant un personnage légendaire monté sur une grosse tortue et ayant une petite tortue sur la tête. Il tient un long bâton à la main.

310 — Important personnage à longue barbe formant cachet tenant dans sa main droite un long bâton et de la gauche un éventail.

311 — Groupe représentant un vieux tronc de sapin autour duquel grimpent des singes et un serpent sur le haut ; un vautour semble les guetter.

312 — Personnage formant cachet.

313 — Personnage portant au bout d'une pique une tête de décapité.

314 — Groupe. Un personnage lettré tient d'une main un parchemin roulé au-dessus de sa tête et de l'autre un éventail. A ses pieds un jeune garçon accroupi, tenant la poignée de son sabre, lève la tête vers lui.

315 — Groupe composé d'une statue de géant le torse nu, entouré de six enfants occupés à le laver et à le badigeonner; quelques-uns sont montés sur un escabeau, les autres sont par terre.

316 — Groupe composé de deux guerriers, l'un terrassant l'autre, et tenant entre ses dents le fourreau de son poignard qu'il tire d'une main pour en frapper son adversaire.

317 — Groupe composé de deux personnages importants, homme et femme; autour d'eux trois jeunes serviteurs portent de très vastes écrans pour les protéger du soleil.

318 — Groupe composé de deux personnages jouant à un jeu de mains.

319 — Groupe composé de deux personnages. L'un est assis et l'autre debout revient de la pêche.

320 — Netzuké composé de deux personnages saluant, leur coiffure à la main.

321 — Netzuké composé de deux personnages. L'un tient un bol et l'autre tient une tortue par la queue.

322 — Netzuké composé d'un vieillard assis et riant, un chat est à côté de lui.

323 — Netzuké. Un vieillard assis sur un rocher tient sur son épaule une gourde attachée au bout d'un bâton.

324 — Netzuké composé d'un personnage jouant de la guitare. A ses pieds un enfant tient un éventail.

325 — Netzuké. Un personnage jouant de la flûte assis sur un taureau.

326 — Netzuké composé de deux enfants attachant une corde à un cerf-volant.

327 — Netzuké composé d'un groupe de quatre enfants autour d'un gros vase.

328 — Netzuké composé d'un personnage revêtu d'un masque, chantant, dansant et agitant des sonnailles et un tambourin. Devant lui un enfant le regarde.

329 — Netzuké. Un personnage debout tient à la main un éventail et un bouquet de fleurs.

330 — Netzuké. Un gros chien de Fô est assis la gueule ouverte et la patte gauche posée sur une boule. Un petit chien de Fô est monté sur son dos.

331 — Netzuké. Un personnage monté sur une grosse carpe qu'il tient par la gueule.

332 — Netzuké composé de deux enfants dont l'un cache un masque derrière lui.

333 — Netzuké. Deux sorcières, l'une tenant un

balai et l'autre lisant un parchemin, sont appuyées sur une table.

334 — Netzuké. Deux personnages accroupis jouant à un jeu de mains.

335 — Netzuké. Deux personnages accroupis. L'un tient son chapeau et l'autre un éventail.

336 — Netzuké. Un personnage tient une vache accroupie qui fait téter son veau.

337 — Netzuké. Deux chiens de Fô dont l'un tient une boule avec ses deux pattes.

338 — Netzuké. Un rat couché tient sa queue dans ses pattes.

339 — Netzuké. Une souris montée sur une balle de riz.

340 — Netzuké. Un rat assis sur un gros coquillage.

341 — Netzuké. Une tortue sur un gros coquillage dans lequel on voit un crabe.

342 — Netzuké. Un enfant jouant à faire marcher un petit chariot.

343 — Netzuké composé d'un groupe de trois coquillages. Dans l'un on voit apparaître un crabe.

344 — Netzuké. Une boule ciselée à jour représentant un paysage.

345 — Netzuké. Un rat sort d'un paquet de corde.

346 — Netzuké. Un personnage debout et riant tient sur son dos une branche avec feuilles et fruit.

347 — Netzuké. Un chien la tête levée et retournée est assis, les pattes de devant appuyées sur une boule.

348 — Netzuké. Un pèlerin tient son bâton.

349 — Netzuké. Un chien est couché sur un écran.

350 — Netzuké. Un personnage grotesque accroupi.

351 — Netzuké. Bouton décoré de fleurs sur une face et de l'autre de trois cachets.

352 — Netzuké. Bouton décoré sur une face d'un médaillon en shibuitshi représentant une figure.

353 — Netzuké. Bouton décoré sur une face d'un médaillon en shibuitshi sur lequel un masque grimaçant en bronze rouge se détache en relief.

NETZUKÉ EN BOIS

354 — Petit masque en bois sculpté représentant un démon avec ses cornes.

355 — Petit masque en bois sculpté représentant un démon avec ses cornes.

356 — Petit masque en bois sculpté représentant

un démon avec de gros yeux et une bouche fendue jusqu'aux oreilles.

357 — PETIT MASQUE en bois sculpté, la face large et grimaçante.

358 — PETIT MASQUE en bois sculpté, la face large et grimaçante.

359 — PETIT MASQUE en bois sculpté. La face est tatouée et riante.

360 — PETIT MASQUE en bois sculpté représentant une tête de vieillard.

361 — PETIT MASQUE en bois sculpté. Les yeux au ciel, et la bouche fendue laisse voir les dents.

MASQUES DE THÉATRE

362 — Masque aux traits puissants représentant une tête d'homme avec barbe et moustaches. Les yeux sont en bronze doré. Laque bistrée.

363 — Masque d'homme exprimant la douleur. Les yeux sont mi-clos et les traits du front sont saillants. Cheveux grisonnants. Laque jaune verdâtre.

364 — Masque de femme souriant, les cheveux sont peints en noir et les lèvres sont carminées. La bouche entr'ouverte laisse apercevoir une rangée de dents. Avec étui en étoffe.

365 — Masque d'homme riant aux éclats, rides profondes. La bouche entr'ouverte laisse apercevoir des dents clairsemées. Barbe et fa-

voris chatains. Le ton de la laque est légèrement bstré.

366 — Masque de vieillard riant. La bouche est édentée. Barbiche blanche au menton. Laque d'un ton cuivré.

367 — Masque de femme souriant, cheveux noirs peints. La bouche entr'ouverte laisse voir les dents. Signé.

368 — Masque grimaçant, figure fantastique, bouche grande ouverte dont les dents sont pointues. Yeux en bronze doré. Laque d'un ton rouge. Avec étui en étoffe.

369 — Masque. Tête de démon avec deux cornes. La bouche très ouverte laisse voir la langue rouge et les dents pointues. Laque d'un ton bistré.

370 — Masque de femme âgée, l'air souffrant, exprimant la douleur. Laque d'un ton blanc verdâtre. Cheveux peints grisonnants.

371 — Masque d'homme burlesque aux traits sail-

lants. Les yeux démesurément grands sont en bronze doré. Laque d'or. Signé.

372 — Masque de jeune guerrier, cheveux et moustaches peints en noir. Laque d'un ton jaunâtre.

373 — Masque de guerrier, moustaches et cheveux peints en noir. Laque d'un ton bistre. Signé en laque d'or.

374 — Masque d'homme. La bouche entr'ouverte laisse voir les dents en laque d'or. Lèvres carminées. Laque d'un ton bistre. Signé.

375 — Masque de démon avec petites cornes, figure grimaçante montrant une langue rouge et des dents pointues en laque d'or. Laque d'un ton jaunâtre.

376 — Masque grotesque. Les yeux en bronze doré semblent sortir de la tête. La bouche ouverte laisse voir la langue rouge avec des dents pointues. Laque d'or.

377 — Masque de femme en laque rouge. Signé. Avec étui en étoffe.

378 — Masque de jeune fille. Les yeux très fendus, les lèvres carminées, les cheveux en longs bandeaux peints en noir. Laque d'un blanc mat. Avec étui en étoffe.

379 — Masque de jeune fille. Les yeux sont mi-clos. Les lèvres carminées. Les cheveux peints en noir. Laque d'un blanc mat.

380 — Masque de femme d'une belle expression. Les yeux très fendus et la bouche entr'ouverte. Lèvres carminées. Signé. Avec étui en étoffe.

381 — Masque de démon à longues cornes. La bouche démesurément ouverte laisse voir de longues dents en laque d'or, aspect grimaçant. Les yeux sont en bronze doré. Signé.

382 — Masque de vieillard exprimant la douleur. Cheveux et barbe grisonnants. Laque d'un ton jaune, détériorée.

383 — Masque de femme aux traits réguliers. Les cheveux en bandeaux sont peints en noir. Bouche entr'ouverte. Lèvres carminées.

384 — Masque de femme grotesque riant, front étroit, joues énormes et à fossettes, nez écrasé. La bouche carminée tire la langue de côté.

385 — Masque de jeune garçon aux traits réguliers. La bouche entr'ouverte. Lèvres carminées. Laque d'un blanc mat.

386 — Masque de vieillard riant, à menton mobile, avec des sourcils, barbiche et moustaches gris démesurément grands.

387 — Masque de vieillard à rides profondes. La bouche entr'ouverte est édentée. Barbiche et favoris grisonnants. Laque d'un ton jaunâtre, un peu détéroriée.

388 — Masque de clown riant entièrement blanc. Les cheveux plantés droits. Intérieur inachevé.

389 — Masque de femme âgée exprimant la souffrance. Les yeux mi-clos. En bois naturel.

390 — Masque d'animal à museau très avancé. Yeux petits et ronds. Laque d'un ton bois.

391 — MASQUE de démon demi-nature, avec cornes d'or, la bouche très fendue laisse voir les dents en laque d'or. Les yeux sont en verre. Cheveux bruns. Laque d'un ton marron. Signé. (Moderne, avec étui).

ALBUMS ET KAKÉMONO

392 — LES ENVIRONS d'Yédo, 100 planches en couleur, par Hiroshighé, en un album in-folio cartonné. Série des plus intéressantes et celle où l'on peut étudier le mieux les efforts du paysagiste japonais, pour rendre divers effets de perspective.

393 — ALBUM in-folio composé de 128 planches en couleur représentant des scènes théâtrales et des scènes de mœurs. Épreuves signées.

394 — ALBUM in-folio contenant 60 planches en couleur, représentant des scènes théâtrales. Épreuves signées.

395 — Album in-folio contenant 60 planches en couleur, représentant des scènes théâtrales. Épreuves signées.

396 — Album in-folio contenant 60 planches en couleur, représentant des scènes théâtrales. Épreuves signées.

397 — Album in-folio contenant 60 planches en couleur, représentant des scènes théâtrales. Épreuves signées.

398 — Album in-folio contenant 60 planches en couleur, représentant des scènes de mœurs, professions, figures isolées. Épreuves signées.

399 — Album in-folio contenant 60 planches en couleur représentant des types de grandes figures, motifs pour éventails, panneaux décoratifs, grands médaillons, etc., etc. Épreuves signées.

400 — Album recouvert en étoffe brochée, replié en éventail, contenant une série d'épreuves d'artiste en couleur sur une des faces et sur

l'autre une série de dessins originaux rehaussés de couleurs. Épreuves signées.

401 — ALBUM renfermé dans un étui en soie violette, contenant douze aquarelles peintes sur soie et retraçant toutes les phases de la culture du riz, depuis les semailles jusqu'à la mise en ballots.

402 — ALBUM chinois recouvert en étoffe de soie et contenant douze aquarelles peintes sur papier de riz et retraçant les différentes phases de la fabrication de la soie, depuis les cocons jusqu'au tissage.

403 — ALBUM chinois recouvert en étoffe de soie de couleur, renfermant une série d'aquarelles peintes en couleurs sur papier de riz, retraçant des scènes, où l'on joue de tous les instruments de musique.

404 — ALBUM relié en bois, renfermant 5 aquarelles représentant des paysages. Épreuves signées.

405 — TROIS KAKÉMONOS formant triptyque, peints à l'aquarelle sur soie et décorés en haut et en bas d'une riche étoffe brodée.

A. Le sujet central représente une déesse assise richement vêtue. La tête est entourée d'une auréole. Elle soutient d'un bras un enfant qui apparaît sur sa poitrine dans l'échancrure de son corsage. Sa main droite tient une grenade. A ses pieds et debout deux femmes en riche costume. Au-dessus du groupe un dais décoratif.

B. Le sujet représente une déesse au teint cuivré entourée d'une auréole et semblant planer sur les nuages.

C. Le sujet représente une déesse au teint cuivré, assise sur un éléphant blanc couché. La tête entourée d'une auréole. Elle tient dans ses mains un livre ouvert.

Ces trois kakémonos sont renfermés chacun dans une boîte en bois portant une inscription sur le couvercle.

BOITES EN IVOIRE, BRONZE, ETC.

406 — Boite en shibuitshi et shakoudo. Elle est richement décorée sur toutes ses faces, finement ciselée et rehaussée d'or et de divers métaux. Le couvercle est décoré par applications en puissant relief d'un décor représentant une scène guerrière. L'intérieur du couvercle est incrusté et ciselé d'une gerbe de fleurs en or. Pièce signée, provenant de la vente Marquis.

407 — Boite oblongue en argent, décorée sur toutes ses faces d'un assemblage de plaques de kodzoukas cerclés d'argent et décorée par applications en relief d'or, d'argent et de divers métaux.

408 — Boite ronde en sentokou. Le couvercle est cerclé d'or et décoré par applications en relief d'or et de divers métaux. La scène représente un personnage tenant une immense cloche sous laquelle il cherche à emprisonner deux démons. Pièce signée.

409 — Boite ovale en ivoire dont le pourtour à fond granulé et décoré d'une multitude d'objets se détachant en relief sur le fond. Le couvercle est entièrement formé de masques ciselés en puissant relief. Pièce signée.

410 — Inro à quatre compartiments de forme plate, à fond strié. Le décor représente sur un côté un sanglier en laque noire dressé contre un tronc d'arbre en laque d'or, et sur l'autre face un sapin en laque d'or.

411 — Boite en bois de fer. Le devant à coulisse est décoré par application en relief de divers bois et en jade, de fleurs et de feuilles. L'intérieur est composé de trois tiroirs. Pièce signée.

412 — Boite à compartiments composée d'une gaine dont le fond noir est décoré en laque d'or et de couleur, d'éventails parsemés d'un vol de grues et de feuillage. Cette gaine renferme une boîte à cinq compartiments également en laque noire et décorée en laque d'or de différents tons, de grues au milieu de plantes et de fleurs. Une longue tresse de soie retient le tout.

413 — Boite du Tonkin, rectangulaire, en bois de fer incrusté de nacre sur toutes ses faces, représentant de nombreux personnages et oiseaux au milieu de paysages variés. Provenant de Mgr Puginier.

BRONZES ET OBJETS DIVERS

414 — Statuette en bronze représentant un personnage légendaire monté sur une tortue, ayant une gourde dans une main et s'appuyant de l'autre sur une lance.

415 — Brule-parfum en bronze représentant un chien de Fô vu de face, la queue relevée et la crinière en éventail. Les pattes de devant sont appuyées sur une boule ajourée. La tête est mobile et se sépare du corps.

416 — Brule-parfum en bronze représentant un chien de Fô vu de côté, ayant la patte gauche

appuyée sur une boule ajourée. Le dos forme un encrier.

417 — Brule-parfum en bronze représentant un énorme fruit avec une branche de feuillage sur le couvercle.

418 — Une paire de vases en shibuitshi, rehaussés d'or et d'argent, portant sur les deux faces un médaillon avec dragon.

419 — Godet a eau en bronze, représentant une branche de reine-marguerite en fleur.

420 — Godet à eau en bronze représentant une branche en fleur avec un fruit.

421 — Godet à eau en bronze représentant une petite théière dont le dessus est décoré d'une grue volant.

422 — Petite marmite à trois pieds et deux anses en bronze rouge.

423 — Porte-allumettes en bronze, à facettes.

424 — Presse-papier en bronze représentant un personnage monté sur un coquillage.

425 — Presse-papier en bronze représentant deux enfants jouant.

426 — Presse-papier en bronze, de forme carrée et décorée sur toutes ses faces de médaillons en relief représentant un vol de papillons.

427 — Petite statuette en bronze jaune représentant une femme portant des poissons.

428 — Une paire de motifs en Shibuitshi élevés sur trois pieds reposant sur un socle décoré de coquillages variés en relief. Le sujet représente un dragon enroulé autour d'une boule.

429 — Vide-poche formé d'une énorme feuille aquatique, décoré extérieurement d'une branche de fleurs et de feuilles formant pied.

430 — Vase vide-poche en cuivre de Perse, ciselé et orné de figures et de légendes.

431 — Coffret brûle-parfum en cuivre de Perse,

ajouré, ciselé et représentant de nombreux personnages et animaux.

432 — Plateau en cuivre de Perse dont les bords sont ajourés. Le fond ciselé représente une réunion de personnages et un groupe nombreux de divers animaux entourant une idole.

433 — Grand coffret oriental en bois, décoré sur toutes ses faces d'incrustations d'ivoire. L'intérieur est à petits compartiments.

434 — Plateau carré en vieux cloisonné du Japon et décoré d'oiseaux et de fleurs.

435 — Plateau rectangulaire en laque rouge de Canton. Le décor représente une habitation avec de nombreux personnages au milieu d'un paysage.

436 — Deux plats en cuivre cloisonné décorés au centre d'un grand médaillon bleu festonné, orné de fleurs.

437 — Une pipe en argent, richement décorée d'or, d'argent et de divers métaux. Le décor

représente une déesse assise sur un rocher et soutenue par deux guerriers. Un autre personnage tient une fleur à la main. Pièce signée avec son étui en cuir frappé semblable à celui de la pochette ci-dessous.

438 — Pochette à tabac en cuir frappé dont la fermeture est décorée d'une applique en bronze et or; elle est ornée d'une chaîne multiple en argent, retenue par un bouton en ivoire décoré sur le plat d'un sujet en shibuitshi représentant deux personnages pêchant les pieds dans l'eau. Rehauts d'or et de divers métaux.

439 — Étui en bois sculpté sur toutes ses faces, ayant l'apparence d'un livre et représentant des sujets religieux (genre Hexapteryge servant au culte grec).

440 — Figurine japonaise ancienne, à figure laquée richement vêtue d'étoffe lamée d'or et portant attachée à sa ceinture une petite boîte en métal.

441 — Un lot de trois morceaux d'étoffe brodée en or et en couleur.

CÉRAMIQUE

442 — Vase de forme boule à large ouverture sur un pied de bois noir sculpté, décoré en bleu de quatre médaillons avec personnages.

443 — Vase en grès coréen, forme balustre, à fond bleu foncé, décoré en émail genre cloisonné d'ornements verts et blancs.

444 — Bouteille en forme de gourde. Décor en émail vert, bleu et doré. Le fond est craquelé.

445 — Bouteille à panse ovoïde à col court et étroit. Décor en émail bleu, vert et doré. Le fond est craquelé.

446 — Bouteille en porcelaine blanche avec décor bleu, de feuilles et de fleurs. Panse ovoïde à long col.

447 — Bouteille en faïence décorée d'un dragon

en couleur qui contourne la panse et le col. Le haut du col est serti d'une embouchure en bronze rouge.

448 — PETITE BOUTEILLE avec décor bleu. Le col est orné d'une embouchure en argent.

449 — BOUTEILLE a saké en grès marron, de forme carrée, décorée sur ses quatre faces de personnage et de paysage.

450 — BOUTEILLE à saké en grès gris à six pans, de forme balustre. Chaque face est décorée d'une petite grecque et entourée d'un motif en émail vert et or.

451 — DEUX PETITS BOLS en porcelaine avec couvercles et soucoupes décorés de médaillons avec personnages. Signés.

452 — DEUX PETITS BOLS en porcelaine avec couvercles et soucoupes décorés, l'un avec personnages et lapins et l'autre de petits médaillons avec personnages. Signés.

453 — DEUX PETITES COUPES en porcelaine, déco-

rées à l'extérieur et à l'intérieur d'un joli motif de fleurs en or et rouge laque. Signées.

454 — Deux petites coupes en porcelaine, décorées à l'extérieur et à l'intérieur d'un joli motif de fleurs en or et rouge laque. Signées.

455 — Soucoupe en porcelaine blanche très fine, décorée en couleur de deux personnages et de deux cartouches portant des légendes.

456 — Théière en satsuma craquelé, finement décorée de dentelle d'or rehaussé de blanc. Sur la panse deux motifs de fleurs, de feuillage et de coquillages en émaux polychromes. La signature sur la panse est entourée d'une arabesque d'or.

457 — Petit bol en satsuma craquelé, entièrement décoré d'arabesques d'or et de rehauts de blanc. Le bord est décoré d'une fine dentelle à l'intérieur et à l'extérieur. Même signature que la pièce ci-dessus.

458 — Porte-bouquet d'applique en grès mat,

décoré en relief de branches de fleurs et de feuillage en émail de toutes couleurs. D'un médaillon central sort un chat modelé en haut relief et semblant guetter des oiseaux. Pièce signée.

459 — Statuette représentant un lettré lisant un parchemin. Les vêtements sont décorés d'émaux polychromes et d'or. Satsuma.

460 — Statuette représentant un personnage dont les vêtements sont décorés d'émaux polychromes et d'or. Satsuma.

461 — Godet à délayer l'encre formé d'un personnage accroupi dont les vêtements sont décorés d'émaux polychromes et d'or. Satsuma.

462 — Godet à délayer l'encre formé d'un personnage accroupi dont les vêtements sont décorés d'émaux polychromes et d'or. Satsuma.

463 — Godet à délayer l'encre formé d'un papillon bleu sur fond blanc.

464 — Coupe à trois pieds en grès flambé à cou-

verte olive mordoré. Deux oreilles formées de têtes de lion.

465 — Bol en porcelaine demi-sphérique, décoré extérieurement d'un paysage, d'une marine et d'un pêcheur à la ligne.

466 — Grand bol en porcelaine, orné extérieurement d'un décor polychrome à compartiments avec oiseaux et fleurs. L'intérieur est orné au fond d'un grand médaillon et entouré de sept personnages burlesques en rouge et or.

467 — Très grand bol en porcelaine. L'extérieur en camaïeu rouge et or est décoré de quatre médaillons et de nombreux papillons en vert et or. L'intérieur est orné d'une double bordure rouge et bleue.

468 — Grand plat en porcelaine à décor polychrome. Le fond représente une scène guerrière.

469 — Plat en faïence, décor bleu.

470 — Plat en porcelaine à décor polychrome formant médaillons.

471 — Plat en porcelaine, décor très fin polychrome et d'or sur fond blanc. Au centre un écusson représentant des armoiries.

472 — Plat en grès brun, décoré en émaux de couleur de deux personnages grotesques et fantastiques.

473 — Plat en grès brun, décor mat en couleur représentant une figure diabolique.

474 — Paire de vases en grès à fond brun nuancé, décoré en émail de couleur de personnages burlesques.

475 — Vase cache-pot de forme losange, décoré en émail sur ses quatre faces de personnages burlesques.

476 — Vide-poche en grès, décoré à l'intérieur de personnages burlesques.

477 — Pot avec couvercle en grès brun, décoré extérieurement en émail de toutes couleurs de personnages burlesques.

478 — Petit plat creux ondulé, décoré à l'intérieur en émaux de couleur de personnages burlesques.

479 — Petite coupe en grès verdâtre, décorée en relief d'un démon en émaux de couleur.

480 — Petite coupe en grès verdâtre, quadrilobée, décorée en relief d'un sujet burlesque en émaux de couleur.

481 — Petite coupe en grès gris, quadrilobée, décorée en relief de personnages burlesques en émaux de couleur.

482 — Petite coupe en grès gris, quadrilobée, décorée en relief de personnages à têtes d'animaux en émaux de couleur.

483 — Petite coupe en grès verdâtre, à bords repliés, décorée en relief de personnages diaboliques en émaux de couleur.

484 — Vide-poche en grès verdâtre, à bords festonnés, decoré en relief de personnages fantastiques en émaux de couleur.

485 — Vide-poche en grès verdâtre, à bords festonnés, décoré en relief de personnages fantastiques en émaux de couleur.

486 — Petit plateau carré en grès verdâtre. Les coins sont relevés. Il est décoré en émail de couleur de personnages burlesques.

487 — Petite assiette en grès gris, décorée en relief de démons en émaux de couleur.

488 — Petite assiette en grès gris, décorée en relief de personnages burlesques en émaux de couleur.

489 — Petite assiette en grès gris, décorée en relief de personnages burlesques en émaux de couleur.

490 — Vase de forme balustre en grès flambé grenat changeant vers le haut. Le col court et très étroit.

491 — Grand vase décoratif en grès brun, décoré sur la panse d'un dragon en relief qui la contourne entièrement.

MEUBLES

492 — Meuble étagère à compartiments et à tiroirs en bois de fer. Élevé sur socle. Les panneaux des portes sont finement sculptés en creux de sujets à personnages et de fleurs.

493 — Meuble du Tonkin à deux vantaux et cinq tiroirs. Incrustations de nacre sur ses trois faces représentant de nombreuses scènes champêtres avec personnages, fleurs, oiseaux, etc. Provenant de la collection de Mgr Puginier.

494 — Vitrine de forme tonkinoise. Les deux vantaux et les côtés sont en glaces. Les parties pleines sont décorées de petits panneaux incrustés de nacre, le fond et quatre tablettes recouverts de satin rouge.

495 — Petit cabinet étagère à tiroirs et à com-

partiments en bois de fer, décoré sur tous les panneaux et tiroirs de petits objets en ivoire incrustés en relief.

496 — Deux tabourets en bois de fer à pieds cannelés et sculptés. Les dessus en marbre veiné sont en mauvais état.

OUVRAGES SUR LE JAPON

497 — L'art japonais, par Louis Gonse. Paris, A. Quantin, 1883, 2 vol. in-4 richement illustrés de planches et dessins, cartonnage en crêpe japonais. Ouvrage très frais, le cartonnage seul du tome I est défraîchi.

498 — Le Japon artistique. Documents d'art et d'industrie réunis par S. Bing, numéros 1 à 18. Paris, 1889-1890, en livraisons. Exemplaire sur papier du Japon de cette magnifique publication richement illustrée de des-

sins dans le texte et de planches hors texte en noir et en couleurs.

499 — Okoma. Roman japonais illustré, par F. Régamey, d'après le texte de Takizava-Bakin et les dessins de Chiguenoï. Paris, Plon et Cie, 1883. Un volume in-4 jésus, illustré de nombreux dessins en bistre et de planches en couleurs. Cartonnage crêpe japonais.

Paris. — Typ Chamerot et Renouard. — 33543.

www.ingramcontent.com/pod-product-compliance
Ingram Content Group UK Ltd.
Pitfield, Milton Keynes, MK11 3LW, UK
UKHW020333180726
13839UKWH00002B/686

9 782329 474830